교과서 속
전래 동화
쏙쏙 뽑아 읽기

1판 1쇄 발행 2010년 12월 31일 | 1판 6쇄 발행 2012년 6월 27일
2판 1쇄 발행 2014년 4월 21일 | 2판 3쇄 발행 2016년 7월 15일
글쓴이 기획집단 세사람 | 그린이 이명애
펴낸이 홍석 | 기획위원 채희석 | 책임편집 김숙진 | 전무 김명희
디자인 여현미, 박두레 | 마케팅 홍성우 • 김정혜 • 김화영 | 관리 최우리
펴낸곳 도서출판 풀빛 | 등록 1979년 3월 6일 제8-24호
주소 서울특별시 서대문구 북아현로 11가길 12 3층 (북아현동, 한일빌딩)
전화 02-363-5995(영업) 02-362-8900(편집) | 팩스 02-393-3858
전자우편 kids@pulbit.co.kr | 홈페이지 www.pulbit.co.kr

ISBN 978-89-7474-233-1 63810

이 도서의 국립중앙도서관 출판시도서목록(CIP)은 서지정보유통지원시스템 홈페이지
(http://seoji.nl.go.kr)와 국가자료공동목록시스템(http://www.nl.go.kr/kolisnet)에서
이용하실 수 있습니다. (CIP제어번호 : CIP2014011916)

* 책값은 뒤표지에 표시되어 있습니다.

사용연령 7세 이상   제조국 대한민국
제조년월 2016년 7월 15일   제조자명 도서출판 풀빛
연락처 02-363-5995
주소 서울특별시 서대문구 북아현로 11가길 12 3층 (북아현동, 한일빌딩)
주의사항 종이에 베이거나 긁히지 않도록 조심하세요.
        책 모서리가 날카로우니 던지거나 떨어뜨리지 마세요.
KC마크는 이 제품이 공통안전기준에 적합하였음을 의미합니다.

교과서 속
전래 동화
쏙쏙 뽑아 읽기

1학년

세사람 글 | 이명애 그림

풀빛

전래 동화가 주는 재미와 교훈을 느껴 보세요

　전 어렸을 때 책을 읽는 것보다 책을 가지고 노는 것을 좋아했습니다. 방 안에서 책을 쌓아 집을 만들거나 울타리를 만들었습니다. 그 안에서 인형 놀이하는 것을 좋아했지요. 그러다가 초등학교에 들어가서는 책 읽는 재미를 알게 됐고요.

　이 책에는 교과서에 나오는 전래 동화를 실었습니다. 워낙 유명한 이야기들이 많아서 여러분이 아는 내용도 있고, 처음 읽은 이야기도 있을 것입니다. 이미 아는 이야기라도 다시 읽으면서 어른들이 왜 이 이야기를 꼭 읽으라고 했을지 생각해 보세요.

　전래 동화는 예로부터 전해 내려오는 이야기입니다. 옛날에는 모두 모여서 농사를 함께 지었는데, 일하면서 틈틈이 나누던 이야기입니다. 또, 할머니가 잠자려는 아이의 머리맡에서 들려주던 이야기였지요.

　전래 동화는 입에서 입으로 계속 전해졌습니다. 그래서 지역마다 조금씩 다르고, 시대가 바뀔 때마다 조금씩 변하기도 했습니다. 말하는 사람과 작가의 상상력으로 이야기가 변해왔지요. 하지만 이야기가 전하는 깊은 뜻과 교훈은 한결같습니다.

전래 동화는 재미있습니다. 무서운 호랑이도 나오고 꾀 많은 토끼도 나옵니다. 아, 도깨비 방망이를 든 도깨비도 빼놓으면 안 되죠. 이런 '재미'와 함께 옛날에 살던 어른들이 여러분에게 해 주고 싶은 이야기는 '좋은 마음을 품고 열심히 일하면 복이 온다'는 교훈입니다.

전래 동화에서 착한 사람은 복을 받고, 나쁜 일을 한 사람은 벌을 받습니다. 초등학생이라면 누구나 이러한 세상의 이치를 잘 알 것입니다. 그런데 책을 읽다가 조금만 다르게 생각해 보면 이런 질문도 할 수 있습니다.

"나쁜 사람은 왜 나쁜 사람이 됐을까?"

"나쁜 사람에게도 좋은 점이 있지 않을까?"

머릿속에 자유롭게 상상하고 질문하세요. 여러분의 상상력이 커질수록 여러분의 꿈도 커지니까요.

어린이 여러분! 교과서에서 쏙쏙 뽑아 낸 전래 동화를 읽으며 재미와 교훈을 찾아보세요. 그러면 여러분도 책으로 집짓기보다, 책 읽기가 훨씬 즐겁다는 것을 느끼게 될 것입니다.

2010. 12.

기획집단 세사람

차례

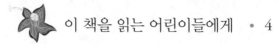

이 책을 읽는 어린이들에게 • 4

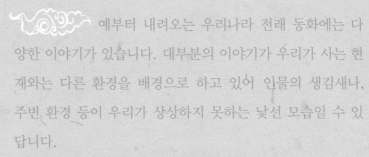

예부터 내려오는 우리나라 전래 동화에는 다양한 이야기가 있습니다. 대부분의 이야기가 우리가 사는 현재와는 다른 환경을 배경으로 하고 있어 인물의 생김새나, 주변 환경 등이 우리가 상상하지 못하는 낯선 모습일 수 있답니다.

전래 동화를 읽을 때는 이야기 속 인물의 모습과 주변 환경 등을 머릿속으로 상상하면서 읽어 보도록 합시다. 그러면 이야기가 더욱더 재미있고 오래도록 기억될 것입니다.

아,

재미있구나!

토끼전

　　파도가 넘실거리는 푸른 바다 깊은 곳 물고기와 아름다운 바다 생물 사이로 으리으리한 궁궐이 있습니다.

　　이곳은 바다를 다스리는 용왕이 사는 용궁입니다.

　　그런데 용왕이 그만 병이 들고 말았습니다. 좋다는 약을 다 써 보아도 병이 낫질 않았습니다.

　　"문어 의사 선생님, 도대체 어떻게 하면 용왕님의 병을 낫게 할 수 있을까요?"

　　신하들이 문어 의사를 붙들고 애원했습니다.

　　침울해진 문어 의사는 고개를 절레절레 흔들며 말했습니다.

"바닷속에는 용왕님의 병을 낫게 할 약이 없습니다."

"아니, 그게 무슨 말씀이에요? 육지보다 더 넓은 이 바닷속에 용왕님의 병을 고칠 약이 없다니요! 그럼 저희 용왕님은……."

꼿꼿게 참모의 말을 듣던 문어 의사가 어렵게 말을 꺼냈습니다.

"방도가 하나 있긴 합니다만……."

"그게 무엇인가요? 용왕님을 구할 수 있다면 제 목숨이라도 바치겠습니다."

방도가 있다는 말에 모든 신하의 얼굴이 환해졌습니다.

"용왕님의 병은 육지에 사는 토끼의 간을 먹어야만 나을 수 있습니다."

육지에 사는 토끼의 간을 먹어야 한다는 말에 용궁 안이 소란스러워졌습니다. 왜냐하면 바다 생물은 대부분 물 밖에서 힘을 쓸 수 없기 때문입니다.

그 광경을 보고 있던 자라 장군이 토끼를 잡아 오겠노라고 말하고 길을 나섰습니다.

자라는 몇 날 며칠을 토끼를 찾아 헤맸습니다. 그리고 드디어 숲에서 풀을 뜯어먹고 있는 토끼를 만났습니다. 그런데 토끼의 행동이 어찌나 빠른지, 자라는 도저히 토끼를 잡을 수가 없었습니다.

토끼를 어떻게 용궁으로 데려갈까 고민하던 자라는 한 가지 꾀를 생각해 냈습니다.

"토끼님, 당신처럼 훌륭한 분이 왜 풀이나 뜯어먹고 사는 것입니까?"

자라의 말에 토끼가 귀를 쫑긋 세웠습니다.

'뭐, 나보고 훌륭한 분이라고?'

"저는 용궁에서 온 자라 장군입니다. 용왕님 명령으로, 용궁 일을 책임지고 맡아 하실 분을 찾으러 왔습니다."

자라는 토끼의 눈치를

살피며 말을 이었습니다.

"저를 따라 용궁으로 가시면 높은 벼슬도 얻고, 매일 신하들이 온갖 맛있는 음식을 대접할 것입니다."

자라의 말을 들은 토끼의 눈이 더욱더 빨갛게 빛났습니다. 하지만, 자라의 말을 그대로 믿을 수 없었습니다.

'자라가 나를 속이려는지도 몰라. 조심해야지.'

토끼는 이렇게 생각했습니다. 그러나 계속되는 자라의 꾐에 그만 넘어가고 말았습니다.

"용궁에 가면 벼슬도 주고, 신하들이 매일 맛있는 음식도 준다고?"

"그럼요, 정말입니다. 저희는 토끼님처럼 훌륭한 분이 필요합니다. 그게 아니라면 제가 무엇 때문에 용궁에서 이 먼 곳까지 왔겠습니까?"

드디어 자라는 토끼를 태우고 용궁으로 향했습니다.

"여봐라, 어서 저 토끼를 잡아 간을 꺼내도록 해라!"

용궁에 도착한 토끼는 자신이 속은 것을 알았습니다.

"자, 잠깐만요! 지금은 간이 없는데요."

"무슨 말이냐?"

"제가 간을 빼놨다가 깜빡하고 그냥 왔지 뭡니까?"

토끼의 말에 모두 깜짝 놀랐습니다.

"자라 장군님과 함께 저를 땅 위로 다시 돌려보내

주시면 간을 가져오도록 하겠습니다."

하는 수 없이 용왕은 자라와 함께 토끼를 돌려보냈
습니다.

　　"자라 장군, 어서 가서 토끼의 간을 받아 오시오!"

　　그렇게 다시 자라의 등에 올라타고 육지로 올라온
토끼는 땅에 내려서자마자 이렇게 말했습니다.

　　"세상에 간을 빼놓고 다니는 동물이 어디 있느냐?
나를 속이다니, 고얀 놈!"

　　토끼는 뒤도 안 돌아보고, 숲을 향해 달려갔습니다.
자라는 토끼가 사라진 자리에 멍하니 서 있었습니다.

생각이 쑥쑥~

《토끼전》은 《별주부전》 《토생전》이라고도 하여 우리나라 전통 민속 음악인 판소리로 전해 내려오는 소설입니다. 이 이야기는 조선 시대 후기에 만들어진 것으로 전해집니다.

1. 앞에서 읽은 이야기를 생각하며 바다 속에 사는 물고기를 떠올려 보도록 합시다.

- -

2. 용궁에 사는 용왕님은 과연 어떤 모습을 하고 있을까요? 생각해 봅시다.

- -

3. 내가 만일 용왕님이라면, 어떤 물고기를 신하로 둘 것인지 생각해 봅시다.

- -

사윗감을 찾아나선 두더지

옛날, 아주 먼 옛날 땅속 나라 한 마을에 두더지 부부가 어여쁜 딸과 함께 살고 있었습니다. 두더지 부부는 세상 무엇과도 바꿀 수 없을 만큼 딸을 아끼고 사랑했습니다.

어느덧 세월이 흘러 두더지 딸이 시집갈 나이가 되었습니다.

전국에서 두더지 딸을 신부로 맞이하려고 사윗감들이 몰려들었습니다. 그런데 두더지 부부의 마음에 드는 사윗감이 하나도 없었습니다.

하는 수 없이 두더지 아저씨는 세상에서 가장 힘센 사위를 찾기 위해 땅 위로 올라갔습니다.

땅속 어두컴컴한 곳에서만 생활하던 아저씨는 땅 위 세상을 비춰 주는 햇살이 눈부셔 눈을 뜰 수가 없었습니다.

"아이고, 눈이야. 밝은 해 때문에 눈을 뜰 수가 없구나. 분명히 힘도 세겠지!"

두더지 아저씨는 해에게 자신의 사위가 돼 달라고 조심스럽게 말했습니다.

"세상에서 가장 강한 해님, 제 사위가 되어 주세요!"

그런데 그때 커다란 구름이 몰려와 해를 가렸습니다.

"아니! 저건 뭔데 해를 가리는 거지? 빛이 온데간데없구나! 해보다 강한 게 분명해."

두더지 아저씨는 구름을 사위로 삼아야겠다고 마음먹었습니다.

"가장 강한 구름님, 제 사위가 되어 주세요!"

그때 갑자기 강한 바람이 불어왔습니다. 바람은 일순간 하늘을 시꺼멓게 덮었던 구름을 밀어냈습니다.

바람이 어찌나
강하던지 두더지 아저씨도
바람에 날아가고 말았습니다.

"어이쿠! 이렇게 힘이 센 것은 처음이야!"

"가장 강한 바람님, 제 사위가 되어 주세요!"

두더지 아저씨는 바람에 날아가다가 그만 돌
부처에 쿵하고 부딪히고 말았습니다.

"어이쿠, 머리야!"

두더지 아저씨는 정신을 차리고 돌부처를 찬찬히 훑어보았습니다.

"아니! 이렇게 세찬 바람에도 꿈쩍하지 않다니. 세상에서 가장 힘센 것이 여기 있었구나!"

아저씨는 손뼉을 치며 기뻐했습니다. 드디어 딸에게 어울리는 사윗감을 찾았기 때문입니다.

그때였습니다. 갑자기 돌부처가 한쪽으로 쓰러졌습니다.

쿵!

아저씨는 깜짝 놀랐습니다. 잠시 뒤 돌부처가 쓰러진 곳에서 땅을 파고 두더지 총각이 올라왔습니다.

두더지 총각이 땅을 파고 지나가자, 땅이 내려앉으면서 돌부처가 쓰러진 것이었습니다.

"이보시오, 힘센 총각! 내 사위가 되어 주게나!"

두더지 아저씨는 힘센 두더지 총각의 손을 꼭 잡았습니다. 이제 아저씨는 세상에서 가장 힘이 센 두더지 사위를 얻게 되었습니다.

생각이 쑥쑥~

'두더지'는 몸 길이 9~18센티미터, 꼬리 길이 1~3센티미터 되는 동물입니다. 두더지는 땅속에 굴을 파고 살면서 지렁이나 애벌레 등을 먹고 산답니다. 어두운 땅속에 살기 때문에 눈으로 보는 것이 필요 없을 때가 많습니다. 그래서 눈이 점점 작아졌답니다.

1. 두더지 아저씨는 사윗감을 찾으려고 땅으로 올라가 누구를 만났나요? 순서대로 적어 봅시다.

● 속담 한마디!

두더지 혼인 같다 이 속담은 분수에 넘치는 엉뚱한 희망을 품는 것을 이르는 말입니다. 앞에서 읽어 본 이야기처럼 자기보다 훨씬 나은 사람과 결혼하려고 애쓰다가 결국, 자신과 같은 두더지와 혼인하게 된다는 것을 빗대어 이르는 말입니다. 그 밖에도 남에게 알리지 않고 집안사람들끼리만 모여서 혼인하는 것을 이를 때도 쓰입니다.

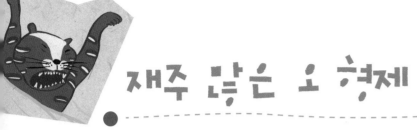

재주 많은 오 형제

옛날, 아주 먼 옛날 깊은 산속 마을에 금슬 좋은 부부가 살고 있었습니다.

부부는 행복했지만, 자식이 없어서 매일 저녁 기도를 드렸습니다.

그렇게 천 일이 되는 날 부부의 꿈속에 삼신할머니가 나타났습니다. 삼신할머니는 아이를 갖게 해 주고 아이를 보호해 준다는 신입니다.

"날이 밝거든 커다란 단지를 구해 그 안에 산삼을 넣고, 두 사람의 오줌을 받아 땅속에 열 달간 묻어 두어라."

잠을 깬 부부의 손에는 산삼이 있었습니다. 부부는

날이 밝자 삼신할머니의 말대로 했습니다.

　세월이 흘러 열 달이 지났습니다. 어느 날 땅에 묻어
둔 단지 안에서 갓난아기의 울음소리가 들렸습니다.

　부부는 단지를 꺼내 뚜껑을 열어 보았습니다. 그런
데 그 안에는 건강한 사내아이가 있었습니다.

부부는 아기의 이름을 큰손동이라고 짓고 잘 키웠습니다. 큰손동이는 어릴 적부터 힘이 세서 천장에 붙어 놀기도 하고, 다른 사람이 하면 온종일 걸릴 밭일도 단숨에 해 버렸습니다.

그러던 어느 날 큰손동이는 세상을 구경하고 싶어졌습니다.

"세상을 돌아보고 많은 것을 배워 오겠습니다."

큰손동이는 부모님의 배웅을 받으며 길을 떠났습니다.

한참을 가고 있는데 산 위에 나무 하나가 누웠다가 일어났다가를 반복하는 것이 보였습니다.

이상하게 여긴 큰손동이가 다가가 보니 거기에는 어떤 사내아이가 코를 골면서 자고 있었습니다.

드르릉 푸 드르릉 푸~

그런데 그 콧김이 어찌나 센지 앞에 있던 나무가 숨을 들이쉬면 눕고, 내쉬면 다시 일어서는 것이었습니다.

큰손동이는 자던 아이를 깨우고 물었습니다.

"나는 힘이 센 큰손동이야. 넌 누구니?"

"나는 콧바람이 센 콧김동이인데 세상 구경 중이야."

두 아이는 함께 길을 떠나기로 하고 한참을 걸어갔습니다.

그런데 갑자기 두 사람 앞에 큰 물줄기가 쏟아지기 시작했습니다.

"도대체 이 물줄기는 어디서 생긴 거야?"

"근처에는 강도 안 보이는데. 앗! 저기!"

콧김동이가 가리킨 곳에 한 사내아이가 오줌을 누고 있었습니다.

그런데 오줌을 얼마나 많이 누는지 오줌 줄기가 마치 폭포 같았습니다.

쏴.

두 아이는 오줌을 누는 아이 옆으로 다가갔습니다.

"나는 큰손동이, 이 아이는 콧김동이야. 넌 누구니?"

"나는 오줌을 엄청나게 많이 누는 오줌동이야."

셋은 친구가 되어 함께 길을 떠났습니다. 세 친구는 길을 가다가 앞에서 어떤 남자아이가 옷고름에 커다란 배를 달아 끌고 가는 것을 보았습니다.

"우리는 큰손동이, 콧김동이, 오줌동이야. 넌 누구니?"

"난 큰 배를 끌고 다니는 배돌동이인데, 세상 구경을 나왔지."

네 아이는 금세 친해져 함께 길을 갔습니다. 또 한참을 가는데 갑자기 땅이 울리며 쿵쿵하는 소리가 났습니다. 네 친구가 소리 나는 곳을 향해 가니 거기에는 어떤 남자아이가 무쇠로 만든 신을 신고 걸어가고 있었습니다.

"우리는 큰손동이, 콧김동이, 오줌동이, 배돌동이라고 해. 넌 누구니?"

"나는 무쇠 신을 신는 무쇠동이야. 세상 구경 중이지."

서로 마음이 통한 다섯 아이는 의형제를 맺고 함께 세상을 구경하기로 했습니다. 산을 넘던 오 형제는 날이 저물어 하룻밤 묵고 갈 집을 찾았습니다.

마침 불빛이 흘러나오는 집으로 들어갔습니다.

그 집에 살던 할머니는 다섯 아이를 반갑게 맞아 주었습니다.

그런데 이 할머니는 지나가는 나그네를 잡아먹는 호랑이였습니다. 호랑이 할머니는 아들들과 함께 살고 있었습니다.

호랑이들은 다섯 아이를 잡아먹으려 했지만 쉽지 않았습니다. 그래서 이렇게 말했습니다.

"우리와 내기를 해서 이기지 못하면 모두 잡아먹겠다!"

오 형제와 호랑이들은 동이 틀 때까지 누가 나무를 많이 베나 내기했습니다.

호랑이들은 힘겹게 나무를 베어 많은 나무를 쌓았습니다.

오 형제는 별 신경 쓰지 않고 계속 잠을 잤습니다.

그러다 동이 틀 무렵 일어난 큰손동이가 순식간에 나무들을 뿌리째 뽑아 호랑이들보다 더 많이 쌓았습니다.

나무 베기에서 진 호랑이들은 둑 쌓기 내기를 하자
고 했습니다.

호랑이들은 강 위에서 둑을 쌓고 오 형제는 강 아래
에서 둑을 쌓기로 했습니다.

호랑이들이 쌓은 둑을 무너뜨려 넘친 물이 오 형제
가 쌓은 둑을 넘으면 호랑이들이 이기는 내기였습니다.

그러나 큰손동이가 빠르게 둑을 쌓아, 둑 쌓기 내기
도 오 형제가 이겼습니다.

화가 난 호랑이들은 커다란 나무를 오 형제를 향해
던지며 말했습니다.

"우리가 던진 나무를 너희 오 형제가 받아서 쌓는
거야!"

"좋아, 얼마든지 던지라고!"

큰손동이는 호랑이들이 던진 큰 나무를 한 그루도
놓치지 않고 모두 받아 높게 쌓았습니다.

다른 형제들도 옆에서 큰손동이를 거들어 나무를
아주 높게 쌓았습니다.

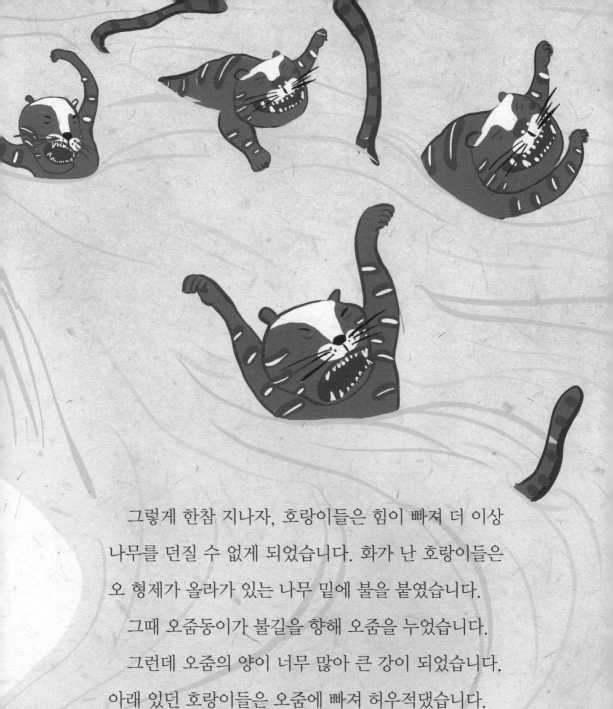

그렇게 한참 지나자, 호랑이들은 힘이 빠져 더 이상
나무를 던질 수 없게 되었습니다. 화가 난 호랑이들은
오 형제가 올라가 있는 나무 밑에 불을 붙였습니다.
그때 오줌동이가 불길을 향해 오줌을 누었습니다.
그런데 오줌의 양이 너무 많아 큰 강이 되었습니다.
아래 있던 호랑이들은 오줌에 빠져 허우적댔습니다.

배돌동이가 얼른 끌고 다니던 배를 띄우자 오 형제는 안전하게 배에 올라탔습니다.

호랑이들은 오 형제가 탄 배를 잡으려고 헤엄쳐 왔습니다.

그때 콧김동이가 재빠르게 콧김을 불자 강한 바람에 오줌이 금세 얼어 버려 호랑이들은 꼼짝할 수 없게 되었습니다. 마지막으로 무쇠동이가 얼어붙은 강 위를 돌아다니며 무쇠 신으로 못된 호랑이들을 모두 물리쳤습니다.

오 형제는 힘을 모아 어려움을 이겨 낸 뒤 더욱 우정이 두터워졌습니다. 오 형제는 다시 세상을 구경하기 위해 함께 길을 떠났습니다.

생각이 쑥쑥~

1. 〈재주꾼 오 형제〉 속에는 다섯 형제가 나옵니다. 다섯 형제의 이름을 한 명씩 말해 봅시다.

----

2. 오 형제의 이름과 특징을 듣고 생김새를 생각해 봅시다.

큰손동이: 힘이 센 아이

콧김동이: 콧김이 센 아이

오줌동이: 오줌을 폭포수처럼 많이 싸는 아이

배돌동이: 배를 끌고 다니는 아이

무쇠동이: 무쇠 신을 신고 다니는 아이

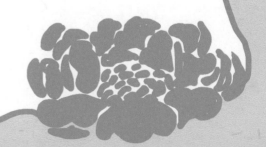

선녀와 나무꾼

　옛날 어느 마을에 마음씨 좋은 나무꾼이 살았습니다. 나무꾼은 산속에서 홀로 살고 있었습니다. 깊은 산속에 혼자 살다 보니 나무꾼은 늘 외로웠습니다.

　하루는 숲 속에서 나무를 베고 있었습니다. 그런데 저쪽에서 사슴 한 마리가 다급하게 뛰어왔습니다.

　"나무꾼님, 제발 저를 살려 주세요. 사냥꾼이 저를 잡으려고 해요."

　나무꾼은 쌓아 둔 나뭇더미 속에 얼른 사슴을 숨겨 주었습니다.

　잠시 뒤 활을 든 사냥꾼이 땀을 뻘뻘 흘리며 뛰어왔습니다.

36

"혹시 사슴 한 마리를 보지 못했소?"

"사슴 한 마리가 저쪽으로 달아났습니다."

나무꾼은 아무 쪽이나 가리키며 말했습니다.

사냥꾼은 나무꾼의 말을 그대로 믿고 멀리 사라졌습니다. 사냥꾼이 사라지자 나뭇더미에 숨어 있던 사슴이 모습을 드러냈습니다.

"나무꾼님 목숨을 구해 주셔서 고맙습니다. 은혜를 갚고 싶습니다. 소원이 있다면 말씀해 주세요."

나무꾼은 괜찮다고 했습니다.

"목숨을 구해 주셨으니, 꼭 은혜를 갚고 싶어요."

"산속에 살다 보니 장가를 가고 싶어도 색시를 만날 수가 없어. 장가를 가고 싶구나."

나무꾼의 말을 듣고 사슴이 미소를 지었습니다.

"이 길을 따라 쭉 올라가시면 작은 호수가 나올 거예요. 보름달이 뜨는 밤이면 선녀들이 내려와 호수에서 목욕을 한답니다. 선녀의 옷 하나를 몰래 숨기세요. 그러면 선녀를 신부로 맞이할 수 있어요."

37

사슴의 말을 들은 나무꾼은 정말 기뻤습니다.

"그런데 조심하셔야 해요. 아이를 셋 낳기 전까지 옷을 돌려주면 안 돼요. 아시겠죠?"

사슴은 그 말을 남기고 숲 속으로 사라졌습니다.

며칠이 지나 드디어 보름달이 떴습니다. 나무꾼은 사슴이 알려 준 대로 호수로 찾아갔습니다.

정말 선녀들이 호숫가에서 목욕하고 있었습니다. 나무꾼은 선녀들의 옷이 있는 쪽으로 살금살금 기어가 옷 하나를 집어 품속에 숨겼습니다.

잠시 뒤 목욕을 끝낸 선녀들이 날개옷을 입고 한 명씩 하늘로 올라갔습니다. 그런데 막내 선녀는 날개옷을 찾지 못해 발을 동동 굴렀습니다.

다른 선녀들이 가고 나자, 막내 선녀는 그 자리에 주저앉아 눈물을 흘렸습니다.

"날개옷을 잃어버렸으니, 이제 다시는 하늘로 올라갈 수 없겠구나."

나무꾼은 울고 있는 선녀를 집으로 데리고 가 혼인

을 했습니다.

결혼 생활은 정말 행복했습니다. 첫째 아이가 태어나고 몇 년 뒤 둘째 아이도 태어났습니다. 나무꾼의 집에서는 매일 웃음꽃이 피었습니다.

어느 날 밤이었습니다. 나무꾼은 선녀가 밤하늘을 보고 우는 것을 보았습니다.

'나는 하루하루가 행복한데, 가엾은 부인은 매일 밤 이렇게 울고 있었나 보구나.'

나무꾼은 선녀를 안아 주었습니다.

"서방님, 저는 이렇게 행복한데, 저 때문에 슬퍼하실 부모님 생각에 마음이 아파요."

나무꾼은 마음이 아팠지만 아이 셋을 낳기까지 옷을 돌려주지 말라던 사슴의 말이 떠올랐습니다.

"서방님, 부모님이 너무 보고 싶어요. 흑흑."

나무꾼은 아이가 둘이나 있으니 날개옷을 줘도 선녀가 떠나지 않으리라고 생각했습니다.

"부인, 당신 옷 여기 있소."

나무꾼은 숨겨 두었던 날개옷을 찾아와 선녀에게 건넸습니다. 그러자 선녀는 깜짝 놀랐습니다. 나무꾼이 옷을 숨긴 것을 알게 된 것입니다.

　　날개옷을 받아 든 선녀는 두 아이를 양쪽 팔에 안고 하늘로 올라가 버렸습니다.

　　나무꾼은 선녀와 아이들이 사라진 하늘을 향해 울부짖었습니다. 경솔했던 자신의 행동을 탓하며 슬피 울었습니다.

41

생각이 쑥쑥~ ● - - - - - - - - - - - - - -

1. 사람은 표정으로 여러 가지 감정을 표현할 수 있습니다. 아래의 글을 읽고 떠오르는 표정을 지어 봅시다.

❀ 친하게 지내던 친구가 다른 학교로 전학을 가게 되었습니다. 나는 너무 슬펐습니다.

❀ 추석 때 할아버지 성묘를 갔다가 숲 속에서 뱀을 보았습니다. 정말 무서웠습니다.

❀ 안전 보호대를 착용하지 않고 인라인스케이트를 타다가 넘어져 다리에서 피가 났습니다. 정말 아팠습니다.

✿ 동생이 내가 가장 아끼는 장난감을 망가뜨렸습니다. 정말
   화가 났습니다.

✿ 생일날 할머니께서 동화책을 선물해 주셨습니다.
   정말 기뻤습니다.

✿ 집에 있는 귤 한 개를 까서 먹었습니다. 너무 셨습니다.

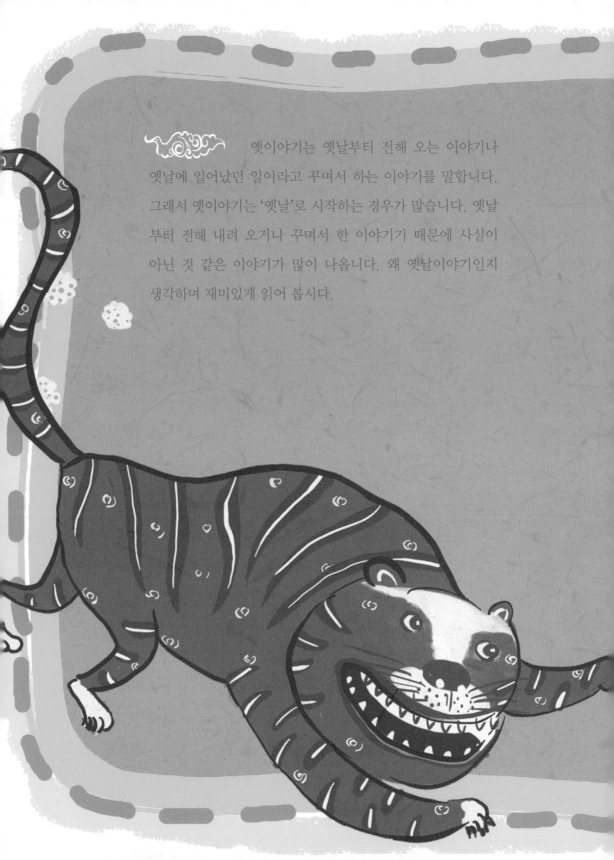

옛이야기는 옛날부터 전해 오는 이야기나 옛날에 일어났던 일이라고 꾸며서 하는 이야기를 말합니다. 그래서 옛이야기는 '옛날'로 시작하는 경우가 많습니다. 옛날부터 전해 내려 오거나 꾸며서 한 이야기기 때문에 사실이 아닌 것 같은 이야기가 많이 나옵니다. 왜 옛날이야기인지 생각하며 재미있게 읽어 봅시다.

이상한 맷돌

옛날에 백성 모두가 잘 먹고 잘 사는 살기 좋은 나라가 있었습니다. 아무리 흉년이 들어도 이 나라 사람들은 굶주리는 일이 없었습니다.

임금에게는 무엇이든 원하는 것을 주는 요술 맷돌이 있었거든요.

"맷돌아, 요술 맷돌아. 태풍 때문에 농사를 망쳤지 뭐냐. 백성이 굶지 않게 쌀을 좀 만들어다오!"

이렇게 얘기만 하면 맷돌은 저절로 빙글빙글 돌아 쌀을 콸콸 쏟아냈습니다.

임금님은 그렇게 만들어 낸 쌀을 백성에게 나누어 주었습니다.

어느 날 임금님은 백성을 위해 잔치를 열었습니다. 그 잔치에는 이웃 나라에 사는 도둑도 왔습니다.

"그러니까 저 맷돌이 무엇이든 만들어 낸다는 말이지? 귀한 소금을 만들어서 내다 팔면 아주 부자가 될 수 있겠어!"

도둑은 임금님 몰래 맷돌을 훔쳤습니다.

잔치가 끝나갈 즈음 임금님은 맷돌이 없어진 것을 알았습니다. 임금님은 병사들을 불러 모아 당장 맷돌을 찾아오라고 했습니다.

병사들은 마을 곳곳을 뒤지며 도둑을 뒤쫓았습니다. 사람들이 말하길 커다란 맷돌을 등에 진 한 남자가 바다 쪽으로 바쁘게 뛰어갔다고 했습니다.

한편, 도둑은 커다란 맷돌을 등에 지고 병사들을 피해 도망쳤습니다. 한참을 도망치다가 부둣가에 다다랐습니다. 그곳에서 배 한 척을 발견하고는 얼른 배에 올라탔습니다.

도둑이 부둣가를 막 벗어날 즈음 저 멀리서 도둑을
쫓는 병사들의 모습이 보였습니다.
"아하하! 이제 맷돌은 내 차지다! 나는 이제 부자다!"
도둑은 너무 신이 났습니다. 요술 맷돌을 훔쳤으니
이제 부자가 된 것이나 다름없었습니다.
"어험, 어디 그럼 맷돌을 한번
시험해 볼까?"
도둑은 맷돌을 보며 소원
을 빌었습니다.

"돌아라, 돌아라, 맷돌아! 돌고 돌아서 보석처럼 하얀 소금을 한가득 만들어 보아라!"

정말 요술처럼 맷돌이 빙글빙글 돌아갔습니다. 그리고 맷돌에서 하얀 소금이 쏟아져 나왔습니다.

"아하하! 소금이다, 소금이야!"

그런데 큰일이 났습니다. 소금이 점점 쏟아져 배를 한가득 채웠지만, 맷돌은 멈추지 않았습니다.

맷돌을 멈추게 하는 방법을 몰랐거든요.

"이제 그, 그만! 나 죽겠다. 그만 돌아라, 맷돌아!"

소금이 어찌나 많이 나오는지 도둑을 실은 배가 그만 바닷속으로 가라앉고 말았습니다.

"사람 살려! 살려 주세요!"

신비한 맷돌도 바닷속 깊이 가라앉고 말았습니다. 맷돌은 바닷속으로 가라앉으면서도 하얀 소금을 계속해서 만들어 냈습니다.

바닷물이 짠 이유는 저 바다 깊은 곳에서 요술 맷돌이 아직 소금을 만들어 내기 때문이랍니다.

생각이 쑥쑥~

맷돌은 옛날에 곡식을 가는 데 사용했던 기구입니다. 두 글넙적한 돌 두 개를 포개서 가운데 구멍이 난 윗돌 속에 곡식을 넣은 뒤 빙글빙글 돌려 곡식을 갈았습니다.

1. 엄마가 과일 주스를 만들어 줄 때 혼합기에 과일을 넣고 가는 걸 보았을 거예요. 혼합기처럼 전자제품이 없던 옛날에는 맷돌과 같은 도구를 사용했답니다. 옛날에는 없고 지금은 있는 물건에는 어떤 것이 있을까요?

컴퓨터, 그릇, 텔레비전, 편지, 전화기, 자동차, 집

----

2. 내게 만일 요술 맷돌이 생긴다면, 나는 어떤 것을 만들어 낼까요?

답: 1. 컴퓨터, 텔레비전, 전화기, 자동차

꽃이 된 도라지

아주 오랜 옛날 우리나라에서 가장 아름다운 산인 금강산에 도라지라는 이름을 가진 아이가 살았습니다.

도라지는 3년 전 병으로 어머니를 여의고 아버지와 단둘이 살고 있었습니다.

도라지에게는 고민이 있었습니다. 어머니가 살아 계실 때, 최 부자에게 약값으로 빌린 돈이 무척 많았는데 돈을 갚기로 한 날이 다가왔기 때문입니다.

그런데 얼마 전 아버지마저 병으로 쓰러져 빚을 갚기는커녕 당장 먹을 것도 부족했습니다.

빚은 이자에 이자를 거듭해 눈덩이처럼 쌓여 도라지네 형편으로는 도저히 갚을 수가 없었습니다.

약속한 날이 되어 최 부자가 도라지를 찾아왔습니다.

"돈이 없으면 우리 집에 와서 일이라도 해라!"

결국, 도라지는 최 부자네 집에 종으로 끌려가게 되었습니다.

도라지는 최 부자네로 떠나기 전에 아버지가 따뜻한 겨울을 보낼 수 있도록 땔감을 더 많이 모아 두고 싶었습니다.

옛날에는 석유나 가스가 없었기 때문에 산에서 나무를 주어다가 불을 피웠거든요. 그 나무를 땔감이라고 합니다.

하나뿐인 딸이 빚 때문에 끌려가게 되자 아버지의 병은 더 깊어졌습니다.

"아버지, 부디 건강하셔야 해요. 흑흑."

"내가 가난해서 도라지 너를 고생시키는구나."

아버지와 도라지는 부둥켜안고 슬퍼했습니다.

다음 날 새벽, 도라지는 아버지가 깨어나지 않도록 아침을 차려 놓고 큰절을 올린 뒤 길을 떠났습니다.

최 부자네 집에 가려면 산봉우리를 넘어야 했습니다.

산봉우리를 넘던 중 도라지는 돌아가신 어머니가 그리웠습니다. 도라지는 산에 있는 어머니의 무덤을 찾아갔습니다.

"어머니! 보고 싶어요. 왜 먼저 떠나셨나요. 흑흑."

도라지는 울면서 어머니 무덤에 큰절을 올렸습니다.

"어머니, 이제 전 이곳에 올 수 없어요. 최 부자 댁에 가면 아버지도, 어머니도 볼 수 없답니다."

도라지는 어머니의 무덤 앞에 엎드려 엉엉 울었습니다.

도라지는 목 놓아 어머니를 불렀습니다. 그러다가 그만 잠이 들고 말았습니다.

얼음보다 차가운 겨울바람이 잠든 도라지의 몸을 휘감았습니다. 도라지의 몸이 점점 차가워졌습니다. 그곳에 잠든 도라지는 영영 깨어나지 못하고 말았습니다.

도라지가 죽은 뒤 계절이 바뀌어 봄이 찾아왔습니다. 금강산에는 봄을 알리는 형형색색의 꽃들이 피어났습니다.

도라지가 잠든 그 자리에 이름 모를 새싹이 돋았습니다. 몇 달 뒤 그 새싹은 무럭무럭 자라 하얀 꽃송이를 피웠습니다.

사람들은 도라지가 꽃이 되어 피었다고 생각했습니다. 그래서 그 꽃을 도라지꽃이라고 부르게 되었습니다.

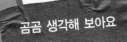

생각이 쑥쑥~

1. 우리나라에는 봄, 여름, 가을, 겨울 사계절이 있습니다. 계절 마다 피는 꽃도 다양합니다. 계절 식물에 대해 생각해 보고 내가 가장 좋아하는 꽃은 어떤 것인지 생각해 봅시다.

----

2. 도라지는 꽃도 예쁘지만, 뿌리는 우리 몸에 좋은 음식입니 다. 특히 추석과 설날 같은 특별한 날과 제삿날 상에 오르는 음식 가운데 하나지요. 도라지처럼 뿌리를 먹는 음식은 어 떤 것인지 골라 봅시다.

연근, 배추, 무, 시금치, 토마토, 당근, 가지

답: 2. 연근, 무, 당근

꼬리를 내어서

옛날 옛적에 사이좋은 세 친구가 있었습니다.

언제나 머리를 박박 긁는 박박이와 어제나 코를 흘리고 다니는 코훌쩍이 그리고 항상 눈을 비비는 눈북북이입니다.

세 친구는 늘 함께 모여 놀기를 좋아했습니다.

그러던 어느 날 세 친구에게 떡 한 접시가 생겼습니다. 그런데 나눠 먹기에는 떡이 적은 양이었습니다.

세 친구는 내기를 해서 이긴 사람이 떡 한 접시를 다 먹기로 했습니다.

내기는 바로 이런 것이었습니다.

세 친구가 자기의 버릇인 머리 긁기와, 코 닦기, 눈

비비기를 하지 않고 참기입니다. 세 사람 중 자기 버릇을 가장 오래 참은 친구가 이기는 내기였습니다.

세 친구는 쫀득쫀득 맛있는 떡을 생각하며 버릇을 꾹 참았습니다.

그런데 머리를 박박 긁는 것을 참고 있던 박박이는 너무너무 머리가 긁고 싶어 죽을 지경이었습니다. 아무리 참아 보려고 노력했지만, 도저히 참을 수가 없었습니다.

'이러다가 내기에 지고 말겠어. 어떻게 하지?'

박박이는 꾀를 하나 생각해 냈습니다.

"아까 아침에 여기 오는 길에 산에서 사슴을 보았거든, 그런데 그 사슴의 뿔이 여기도 있고, 여기도 있고, 또 여기도 있지 뭐야."

박박이는 사슴의 뿔을 흉내 내며 마음껏 머리를 박박 긁었습니다.

박박이의 이야기를 들은 코흘쩍이가 말했습니다.

"만약, 내가 거기 있었다면 활을 이렇게 당겨서 쏜
뒤에 사슴을 잡았을 거야."

코훌쩍이는 활을 당기는 시늉을 하며 옷소매로 코
를 닦았습니다.

그러자 가만있을 눈북북이
가 아닙니다. 눈북북이는
너무너무 슬프다는 듯 두
눈을 비비며 말했습니다.

"안 돼, 안 돼! 사슴이 너무 불쌍해, 흑흑흑."

그때 세 친구들은 자신들이 낸 꾀가 웃겨서 모두 웃고 말았습니다.

세 친구는 내기는 그만하고 적은 양이지만 사이좋게 떡을 나눠 먹기로 했습니다.

생각이 쑥쑥~

1. 〈꾀를 내어서〉에 세 친구는 어떤 꾀를 내었나요? 가장 재미 있는 꾀는 어떤 것인지 생각해 봅시다.

   ----

2. 박박이와 코훌쩍이 그리고 눈북북이는 어떤 버릇이 있었나 요. 차례대로 말해 봅시다.

   ----

3. 세 친구처럼 내가 가지고 있는 버릇에 대해 생각해 봅시다. 나는 왜 그런 버릇이 생겼을까요?

호랑이와 두꺼비의 떡시루 잡기

옛날 옛적 호랑이 담배 피우던 시절에 아주 친한 친구인 호랑이와 두꺼비가 있었습니다.

어느 날 두 친구는 배도 고프고 심심하기도 해서 함께 떡을 만들어 먹기로 했습니다.

"그럼 집에 가서 떡 만들 재료를 가지고 오자."

두꺼비와 호랑이는 재료를 가지고 다시 만났습니다.

손질한 쌀가루를 떡시루에 넣고 불을 피웠습니다. 잠시 뒤 떡시루에서 김이 모락모락 났습니다.

떡 냄새가 어찌나 고소한지 호랑이와 두꺼비 입에서 벌써 군침이 돌았습니다.

그런데 욕심 많은 호랑이가 생각해 보니, 둘이 나누

어 먹기에는 떡이 너무 적은 것 같았습니다. 그래서 두꺼비와 나눠 먹고 싶지가 않았습니다.

호랑이는 떡을 혼자 먹을 방법이 없을까, 고민했습니다.

"두꺼비야, 내게 재미있는 생각이 났는데 들어 볼래?"

떡시루에서 퍼져 나오는 떡 냄새에 넋을 놓고 있던 두꺼비가 군침을 삼키며 물었습니다.

"재미있는 생각?"

호랑이가 눈을 반짝이며 두꺼비를 꾀기 시작했습니다.

"그래, 떡시루를 산꼭대기까지 가져가서 산 아래로 굴리는 거야. 그래서 떡시루를 먼저 잡는 사람이 떡을 다 먹는 거야. 어때?"

두꺼비는 내기를 하고 싶지 않았습니다. 왜냐하면 내기하면 늘 덩치도 크고 힘도 센 호랑이가 이겼기 때문입니다.

그런데 호랑이가 어찌나 졸라대는지 몰랐습니다.

두꺼비는 곰곰 생각에 잠겼습니다.

한참을 생각하던 두꺼비는 좋은 생각이 났는지 이렇게 대답했습니다.

"그러니까 떡시루를 먼저 잡는 사람이 떡시루에 든 떡을 먹는다는 거지?"

"그래, 맞아!"

"그래, 그럼 내기하자!"

두꺼비의 대답에 호랑이는 신이 나서 따끈따끈한 떡이 들어 있는 떡시루를 들고 산꼭대기로 올라갔습니다.

호랑이를 뒤따르는 두꺼비의 걸음도 가벼웠습니다.

"자, 떡시루가 나가신다, 길을 비켜라!"

산꼭대기에 다다른 호랑이는 있는 힘껏 산 아래로 떡시루를 굴렸습니다.

쿵쿵 데구루루, 쿵쿵 데구루루.

떡시루가 큰 소리를 내며 산 아래로 굴러 내려갔습니다.

이를 지켜보던 호랑이는 두꺼비가 따라올세라 있는 힘껏 떡시루를 쫓아 내달렸습니다.

"어흥!"

반면 두꺼비는 호랑이보다는 여유롭게 떡시루 뒤를 쫓았습니다.

과연 떡은 누가 먹었을까요?

호랑이는 먼저 떡시루를 잡으려고 재빨리 내려갔습니다.

아래서 기다리고 있다가 떡시루가 내려오면 그것을 잡아서 혼자 다 먹을 욕심이었지요.

반면 두꺼비는 느긋하게 떡시루 뒤를 따랐습니다.

그런데 떡시루는 호랑이 생각처럼 곱게 굴러 와 주지 않았습니다.

아래로 내려가며, 여기저기 부딪혀 그 안에 있던 떡들이 밖으로 빠져나왔습니다.

유유히 떡시루 뒤를 따르던 두꺼비는 떡시루 밖으로 빠져나온 떡을 하나 둘 주워 먹었습니다.

"하하하! 내 그럴 줄 알았어. 호랑이 너는 늘 그 욕심이 문제야!"

두꺼비는 떨어진 떡을 주워 먹으며 깔깔깔 웃었습니다.

반면 호랑이는 떡시루에서 떡이 쏟아지는 것도 모르고 쏜살같이 산 아래로 내달리고만 있었습니다.

생각이 쑥쑥~ ● - - - - - - - - - - - - - -

떡시루는 옛날에 떡을 만들 때 사용하던 그릇이에요. 항아리와 비슷하게 생겼으며, 바닥에 구멍이 여러 개 뚫려 있습니다. 떡을 만들 때는 떡시루에 깨끗한 천을 깔고 그 위에 곱게 빻은 쌀가루를 넣습니다. 그리고 물을 담은 솥 같은 그릇에 떡시루를 포갭니다. 솥에 불을 지피면 솥의 물이 끓고, 떡시루의 뚫린 구멍으로 뜨거운 김이 들어가 떡을 찝니다.

1. 호랑이는 두꺼비에게 왜 내기를 하자고 했을까요?

- -

- -

- -

2. 호랑이는 떡을 혼자 먹으려고 욕심을 부리다가 떡을 못 먹고
   맙니다. 만일 호랑이가 욕심을 부리지 않았다면 어땠을까요?

   ----

3. 우리나라 전통 음식 가운데 하나인 떡은 종류가 참 많습니다.
   내가 좋아하는 떡의 이름과 그 맛을 생각해 봅시다.

어떤 일을 하든 즐거운 마음으로 하는 것이 중요합니다. 밥을 먹을 때, 공부할 때, 부모님 심부름을 할 때, 같은 일을 하더라도 화를 내거나 투정부리기보다는 즐거운 마음으로 한다면, 힘도 덜 들고 훨씬 좋은 결과를 얻을 수 있답니다. 이야기 속 인물들은 어떤 생각을 하고 있을까요? 인물의 마음을 생각하며 읽어 봅시다.

즐거운
마음으로

흥부와 놀부

옛날 한 옛날 형제가 살고 있었습니다. 욕심 많고 부자인 형의 이름은 놀부고, 착하고 가난한 동생의 이름은 흥부였습니다.

욕심 많은 형 놀부는 부모가 돌아가시자 부모의 재산을 혼자 독차지했습니다. 동생 흥부에게는 한 푼도 주지 않고 내쫓았습니다.

흥부는 아무것도 가진 것 없이 형 집에서 쫓겨났지만, 형을 원망하지 않았습니다.

하지만, 흥부에게는 열두 명의 자식이 있었습니다.

"아버지, 배가 고파요. 밥 주세요, 엉엉."

아이들은 늘 배가 고프다며 울었습니다. 흥부는 자

신이 굶는 것은 괜찮았지만, 아내와 자식들이 굶는 것은 너무나 괴로웠습니다.

"여보, 쌀독에 쌀이 똑 떨어졌어요. 형님께 가서 쌀 좀 얻어오면 안 될까요?"

흥부는 형에게 폐를 끼치고 싶지 않았습니다. 하지만, 어린아이들이 배가 고프다고 우는 것은 도저히 볼 수 없었습니다.

흥부는 아내가 준 그릇을 들고 한 끼 먹을 쌀만이라도 얻을까 해서 놀부 집으로 갔습니다. 마침 놀부 부인이 밥을 짓고 있었습니다. 가마솥에서 구수한 밥 냄새가 흥부의 코를 간질였습니다.

"형수님, 저 왔습니다. 저희 아이들이 굶고 있습니다. 제발 그 하얀 밥 한 그릇만 주세요."

아침상을 차리려고 주걱으로 밥을 푸던 놀부 부인이 흥부를 보고는 눈초리가 올라갔습니다.

놀부 부인은 들고 있던 밥주걱으로 냅다 흥부의 뺨을 때렸습니다.

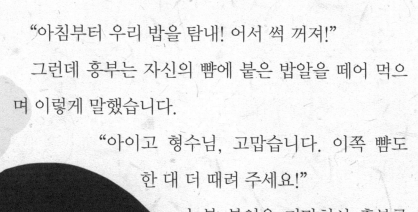

"아침부터 우리 밥을 탐내! 어서 썩 꺼져!"

그런데 흥부는 자신의 뺨에 붙은 밥알을 떼어 먹으며 이렇게 말했습니다.

"아이고 형수님, 고맙습니다. 이쪽 뺨도 한 대 더 때려 주세요!"

놀부 부인은 기막혀서 흥부를 당장 쫓아냈습니다.

집으로 돌아오는 길, 흥부는 그만 눈물이 흘렀습니다.

'빈손으로 돌아온 것을 알면 모두 실망할 텐데.'

빈 그릇을 들고 힘없이 집으로 돌아온 흥부는 집 앞 마당에서 새끼 제비를 발견했습니다. 그런데 둥지에서 떨어진 새끼 제비의 다리 한쪽이 부러져 있었습니다.

"불쌍한 제비야, 얼마나 아팠느냐."

그때 흥부네 모든 식구가 돌아온 아버지를 보고 달려 나왔습니다.

먹을 게 있는 줄 알고 반가워하던 가족들은 흥부 손에 들린 제비를 보고 실망했습니다.

하지만, 곧 힘을 합쳐 제비를 치료하고 제비 둥지에 다시 올려 주었습니다.

어느새 시간은 흘러 겨울이 되었습니다. 따뜻한 지방에서만 생활하는 제비는 추운 겨울을 피해 남쪽 나라로 떠나야 했습니다.

흥부네 가족은 제비 가족과의 이별이 아쉬웠습니다. 그런데 제비 가족도 마찬가지였나 봅니다.

제비도 흥부네 가족과의 이별이 아쉬운 듯 흥부네 집 지붕 위를 빙빙 돌며 날았습니다.

　잠시 뒤 제비 가족은 다른 새들을 따라 따뜻한 곳으로 떠났습니다.

　추운 겨울이 지나고 봄이 다가왔습니다.

　제비도 다시 찾아왔습니다. 그런데 돌아온 제비가 박씨를 물고 왔습니다.

　"애들아, 제비가 물고 온 박씨를 심자꾸나."

　아이들과 흥부는 제비가 물고 온 박씨를 정성스레 심었습니다.

　어느덧 흥부네 지붕에는 탐스러운 박이 주렁주렁 달렸습니다. 박이 정말 컸습니다.

　"박을 타세, 박을 타. 영차, 영차!"

　흥부네 가족은 커다란 박에 톱을 얹고 반으로 가르기 시작했습니다.

　"실근 실근 톱질하세. 시르렁 시르렁 슥삭슥삭!"

　펑!

세상에, 어찌 된 일일까요? 커다란 박이 반으로 갈
라지자 그 안에서 온갖 금은보화가 와르르 쏟아졌습
니다. 흥부네 가족은 아주 기뻐 덩실덩실
춤을 추었습니다.

이 소식은 욕심 많은 놀부의 귀에까지 들어갔습니다.

놀부는 동생 흥부가 부자가 되었다는 소식을 듣고 너무너무 배가 아파 잠을 이룰 수가 없었습니다.

놀부와 놀부 부인은 사다리를 타고 올라가 제비집에 있는 새끼 제비 한 마리를 꺼냈습니다. 새끼 제비를 바닥으로 떨어뜨려 다리를 똑 부러뜨렸습니다.

"제비야, 어쩌다가 다리가 이렇게 똑 부러졌느냐?"

놀부는 시치미를 뚝 떼고 말했습니다.

"내가, 잘 치료해 주마, 걱정 마라."

놀부 부부는 부러진 제비의 다리를 치료한 뒤 제비 둥지에 다시 올려놓았습니다.

"제비야, 빨리 날아서 금은보화가 가득 든 박씨를 내게도 물어다 주어라."

그렇게 겨울이 지나고 새봄이 되었습니다. 제비는 놀부에게도 박씨를 하나 물어다 주었습니다.

놀부 부부도 박씨를 정성 들여 심고 키웠습니다.

시간이 흘러 놀부 집 지붕에도 어느새 아주 커다란

박이 주렁주렁 달렸습니다. 놀부 부부도 지붕에 올라가 박을 따서 톱질하기 시작했습니다.

"실근실근 톱질하세! 실근실근 슥삭슥삭! 우리에게도 금은보화를 가득 다오!"

놀부와 놀부 부인은 박을 타며 외쳤습니다.

펑!

그런데 이게 웬일입니까? 박에서 금은보화가 아닌 도깨비들이 튀어나왔습니다. 도깨비들은 놀부와 놀부 부인을 벌한 뒤 집에서 내쫓았습니다.

거지가 된 놀부와 놀부 부인은 갈 곳이 없어 흥부를 찾아갔습니다.

흥부는 거지가 된 형과 형수를 보고 깜짝 놀랐습니다.

"형님, 이게 어찌 된 일입니까? 어서 저희 집으로 들어오세요."

흥부는 놀부 부부를 따뜻하게 맞이했습니다. 흥부 가족의 보살핌으로 놀부와 놀부 부인은 그동안 저지른 잘못을 뉘우치고 착하게 살았답니다.

생각이 쑥쑥~

제비는 철을 따라 옮겨 다니는 철새입니다. 추운 겨울에는 인도, 태국, 캄보디아, 베트남과 같이 따뜻한 곳에서 보내고, 봄이 되면 우리나라로 날아와 집을 짓고 삽니다.

1. 제비는 흥부와 놀부 형제에게 박씨를 물어다 주었습니다. 그런데 흥부는 박씨를 심어 금은보화를 얻었지만, 놀부는 박씨를 심어 거지가 되었습니다. 왜 그랬을까요?

- -

2. 이야기 속에는 시간을 나타내는 단어들이 여럿 있습니다. 어떤 것들이 있는지 찾아보도록 합니다.

봄, 제비, 아침, 그리고, 겨울, 옛날, 놀부, 새봄, 박씨

- -

답: 2 봄, 아침, 겨울, 옛날, 새봄

혹부리 영감

옛날 어느 작은 마을에 착한 혹부리 영감과 못된 혹부리 영감이 살았습니다.

혹부리 영감의 턱에는 커다란 혹이 하나씩 달려 있었습니다.

덜렁거리는 이 혹은 일할 때도 잠잘 때도 여간 불편한 것이 아니었습니다.

착한 혹부리 영감이 어느 날 산에 땔감을 주우러 갔습니다.

나무를 어찌나 열심히 모았는지 해가 저무는 것도 몰랐습니다.

어느새 산 주변은 캄캄해져서 아무것도 보이지 않

았습니다.

한참 동안이나 산속을 헤매도 도무지 집으로 가는 길을 찾을 수가 없었습니다.

산속에서 허름한 빈집을 발견한 혹부리 영감은 산에서 하룻밤을 보내기로 마음먹었습니다.

그런데 산속 빈집에 홀로 있자니, 혹부리 영감은 겁이 났습니다.

바람이 불어 문짝을 흔드는 소리, 멀리서 들리는 부엉이 소리, 나뭇잎이 바람에 흔들리는 소리, 모든 소리가 무섭게만 느껴졌습니다.

"무서워서 안 되겠구나. 노래라도 불러야겠다."

착한 혹부리 영감은 산이 떠나가라 크게 노래를 불렀습니다.

어찌나 노래를 잘 부르는지 흥겨운 노랫소리가 온 산에 울려 퍼졌습니다.

부엉이조차 영감의 노랫소리에 박자를 맞춰 울어 주었습니다.

혹부리 영감의 노랫소리를 주변에 있던 도깨비들도 들었습니다.

"이게 무슨 소리지? 이렇게 흥겨운 소리는 처음 들어 본다."

"도깨비 대장, 저기 빈집에서 소리가 들리는 것 같습니다."

도깨비들은 영감님의 노랫소리를 따라 하나 둘 빈집으로 몰려들었습니다.

"아이고머니나! 도깨비님들, 살려 주십시오!"

도깨비를 보고 놀란 착한 혹부리 영감은 노래를 멈추었습니다.

무시무시하게 생긴 도깨비 대장이 말했습니다.

"영감, 노래를 계속 불러라. 우리 도깨비는 노래하고 춤추는 것을 좋아한다."

혹부리 영감은 겁이 났습니다.

하지만, 도깨비 대장이 원하는 대로 신나게 노래를 불러 주었습니다.

그러자 도깨비들이 어깨를 들썩이며 덩실덩실 신
나게 춤을 추었습니다.

"영감, 그런데 그 노랫소리는 어디서 나는 것이냐?"

"예? 노래야 목에서 나는 거지요."

영감님의 말에 도깨비 대장이 버럭 화를 내었
습니다.

"거짓말 마라. 나도 목이 있
는데 그런 소리를 못 낸다."

혹부리 영감은 도깨비의
추궁에 그만 겁이 나고

말았습니다. 잘못했다가는 살아서 이곳을 빠져나가지
못할 것 같았습니다.

"그런데 영감 그 볼에 달린 것이 무엇이냐?"

"예, 이건 그냥 혹인데요?"

도깨비는 영감의 말을 믿지 않았습니다. 급기야는
그 혹이 노래 주머니라고 생각했습니다.

"어디, 나를 속이려고? 그 노래 주머니는 내가 가져
가야겠다."

도깨비 대장은 영감의 볼에 붙은 혹을 단숨에
떼어 냈습니다. 혹부리 영감을 화들짝
놀라 자신의 뺨을 만져 보았습니다. 정말
혹이 감쪽같이 떨어졌습니다.

"이 귀한 것을 내게 주었으니, 도깨비 방
망이를 영감에게 주겠노라. 방망이를 두드
리면 무엇이든 얻을 것이다."

다음 날 아침, 도깨비들은 영감의 혹을
들고 사라졌습니다.

도깨비 방망이를 들고 집으로 돌아간
영감은 부자가 되었습니다.

　　착한 혹부리 영감은 방망이로 얻은 보물과
음식을 가난한 사람들에게 나누어 주었습니다.

　　이 소식은 못된 혹부리 영감의 귀에도 들어갔
습니다. 자기도 한쪽 볼에 붙은 혹을 떼어 내고,
도깨비 방망이를 얻고 싶었습니다.

　　그날 밤 빈집으로 찾아간 못된 혹부리 영감은 도깨
비를 만나려고 노래를 불렀습니다.

　　"이렇게 노래를 부르면 도깨비들이 온단 말이지?"

　　잠시 뒤 정말 무시무시하게 생긴 도깨비들이 몰려
왔습니다. 그러자 못된 혹부리 영감이 도깨비 대장
에게 말했습니다.

　　"제게 훌륭한 노래 주머니가 있습니다. 이걸 가져가
시면 흥겨운 노래를 매일 들을 수 있답니다."

　　못된 혹부리 영감의 말을 들은 도깨비 대장이 험상
궂은 얼굴을 하고 말했습니다.

92

"네 이놈! 또 나를 속이려고 그러느냐? 내 이 혹을 달았지만, 노래가 나오지 않았다. 이 혹 너나 가져라."

도깨비 대장은 자신의 얼굴에 붙어 있던 혹을 떼어 못된 혹부리 영감의 볼에 붙였습니다.

혹부리 영감은 깜짝 놀라 자신의 얼굴을 만져 보았습니다. 양쪽 볼에 커다란 혹이 붙어 있었습니다.

"아이고, 혹을 떼려다가 혹 하나를 더 붙이고 말았구나!"

생각이 쑥쑥~ ● - - - - - - - - - - - - - - - - - - -

1. 착한 혹부리 영감은 산에 나무를 하러 갔다가 밤이 깊어 도
   깨비를 만나게 됩니다. 그런데 혹부리 영감은 재능 하나가
   있어 도깨비에게 혹도 떼어 주고 도깨비 방망이도 얻어 부
   자가 됩니다. 혹부리 영감에게는 어떤 재능이 있을까요?

- -

- -

● 속담 한마디!

혹 떼러 갔다가 혹 붙이고 온다

이 속담은 좋은 일을 바라고 갔다가 반대로 안 좋은 일을 당했을 때를 이
르는 말입니다. 못된 혹부리 영감이 혹을 떼려고 갔다가 혹 하나를 더 붙
인 상황과 비슷한 말입니다.

2. 내가 만일 도깨비를 만난다면 어떤 재능 때문에 도깨비 방
   망이를 얻을 수 있을까요?

   ----

3. 나에게는 어떤 재능이 있나요? 내가 가진 재능에 대해 곰곰
   생각해 봅시다.

독서는 재미있는 여행과도 같습니다. 우주나 용궁으로 우리를 데리고 가 재미있는 사람, 무서운 사람, 우스꽝스러운 사람, 똑똑한 사람 등 셀 수 없이 많은 사람들을 만나게 하니까요. 이야기 속에는 수많은 등장인물이 나옵니다. 이야기를 읽을 때 이야기 속에 등장하는 인물의 모습을 머릿속으로 상상하며 읽어 봅시다. 또한 재미있는 장면과 장쇼를 생각하며 읽어 봅시다.

성성의

날개를 펴고

빨강 부채, 파랑 부채

옛날 어느 마을에 아주 한심한 부부가 살았습니다. 부부는 너무 게을러서 움직이는 걸 싫어했습니다.

어느 여름날 지나가던 한 스님이 한심한 부부 집으로 들어왔습니다.

"너무 갈증이 나서 그러니 물 한 대접만 주십시오."

한심한 남편은 마루에 누워 꼼짝하기도 싫었습니다. 남편이 말했습니다.

"보시다시피 나는 지금 누워 있는 중이라오. 귀찮으니 가시오."

남편이 귀찮다며 손을 휘저었습니다. 스님은 조용히 그 자리를 떠났습니다. 스님이 떠난 뒤 마루에는

98

빨강 부채와 파랑 부채가 놓여 있었습니다.

"여보, 스님이 부채를 놓고 갔나 봐요. 어쩌죠?"

그러자 한심한 남편이 말했습니다.

"가지러 오겠지. 귀찮으니 그냥 둬요."

그런데 스님은 부채를 찾으러 오지 않았습니다.

"올여름은 너무 덥구나. 여보, 마누라. 그 스님이 놓고 간 부채 좀 줘 보시오."

날씨가 어찌나 덥던지, 한심한 부부는 스님이 놓고 간 부채를 하나씩 들고 부채질을 했습니다.

남편이 빨강 부채를 들고 펄럭펄럭 부채질하자, 남편의 코가 점점 커졌습니다.

"아이고, 내 코야!"

아내도 파랑 부채를 들고 부채질을 했습니다.

"어머나, 내 코!"

부채질하는 아내의 코가 점점 작아져 코가 사라지고 말았습니다.

부부는 깜짝 놀랐습니다. 부채를 서로 바꾸어 부채질을 해 보았습니다 그랬더니 코가 다시 원래대로 돌아왔습니다.

"이거, 요술 부채구나!"

"그러니까 빨강 부채는 코를 키우고, 파랑 부채는 코를 작게 하는군요!"

요술 부채가 생겨 기분이 좋아진 남편은 부채를 이용해 부자가 될 방법이 없을까 곰곰 생각했습니다.

때마침 고을 사또의 생일잔치가 열린다는 소식을 들었습니다.

한심한 남편은 사또에게 요술을 부릴 심산으로 빨강 부채를 들고 잔치에 갔습니다.

잔치가 끝나고 모두 집으로 돌아갔습니다. 마침 사또는 술에 취해 잠이 들었습니다.

한심한 남편은 다른 사람 눈에 띄지 않게 몰래 사또가 자고 있는 방으로 들어갔습니다.

남편은 자고 있는 사또 앞으로 살금살금 다가가 허리춤에 숨겼던 부채를 꺼내 들었습니다. 그리고 천천히 부채질을 했습니다.

펄럭펄럭.

102

잠시 후 사또의 코가 점점 커졌습니다.

"이만하면 됐어."

남편은 몰래 사또의 방을 빠져나왔습니다.

다음 날, 고을 여기저기에 사또의 병을 고쳐 주는
사람에게 많은 재물을 준다는 방이 붙었습니다.

"내가 가서 사또 코를 원래대로 해 주고 오리다!"

남편은 파랑 부채를 들고 사또를 찾아갔습니다.

사또의 병을 고쳐 준 부부는 금은보화를 받고 부자가
되었습니다.

어느 날 한심한 남편이 말했습니다.

"빨강 부채로 계속 부치면 코가 얼마나 길어질까?"

한심한 남편은 마루에 누워 부채질을 했습니다. 쉬지 않고 계속 부채질하자 코가 하늘 끝까지 올라갔습니다.

커지고 커지던 남편의 코는 하늘을 뚫고 옥황상제 가 있는 하늘나라까지 올라갔습니다.

평화롭게 쉬고 있던 옥황상제는 갑자기 바닥에서
튀어나온 코를 보고 깜짝 놀랐습니다.

"여봐라! 저 흉측한 물건을 당장 기둥에 묶어라!"

옥황상제의 명령을 받은 병사들은 창과 칼을 들고
한심한 남편의 코를 찔러댔습니다. 그러고는 코를 기
둥에 꽁꽁 묶었습니다.

한편, 부채질하던 남편은 코끝을 창으로 찔리자 따
갑고 아파 깜짝 놀랐습니다.

"아이고 코야, 나 죽네!"

남편은 얼른 파랑 부채를 들고 부채질했습니다.

기둥에 묶어둔 코가 작아지자, 남편의 몸이 점점 하늘로 올라갔습니다.

"아이고, 여보! 어디 가세요!"

남편의 몸이 점점 하늘로 올라가자 부인이 깜짝 놀라 소리쳤습니다.

그리고 하늘나라에서는 옥황상제가 신하들에게 명령을 내렸습니다.

"여봐라! 저 묶어둔 물건을 당장 풀어 주도록 해라!"

하늘로 계속 올라가던 남편은 기둥에 묶어 둔 코가 풀리는 순간, 그만 아래로 아래로 끝없이 떨어지고 말았습니다.

생각이 쑥쑥~

1. 한심한 부부는 스님이 놓고 간 빨강 부채와 파랑 부채를 얻었습니다. 이 두 부채에는 어떤 능력이 있을까요?

- -

2. 이야기 속 한심한 남편은 부채질을 해서 점점 코를 키웠습니다. 그 코와 함께 하늘로 올라간다고 생각하며 하늘의 풍경을 상상해 봅시다.

- -

3. 벌을 받기까지 한심한 남편이 한 일을 떠올리며 차례대로 이야기해 봅시다.

- -

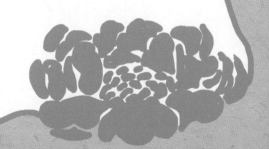

불가사리

옛날 옛적 부처님의 가르침을 성실히 믿고 따르던 한 스님이 있었습니다.

유교에 빠진 왕이 불교를 몰아내려고 하자, 스님은 어떤 젊은 부부의 집 다락방에 숨어서 지냈습니다. 유교는 공자의 가르침을 따르는 것을 말합니다.

그렇게 다락방에서 꼼짝도 하지 않고 갇혀 있자니 스님은 무척 심심했습니다.

여느 때와 마찬가지로 그 집 부인이 다락방에 밥상을 차려 주었습니다.

"스님, 입맛이 없더라도 남기지 말고 드세요."

부인은 스님의 건강이 나빠질까 봐 걱정했지만 스

님은 밥을 다 비울 수 없었습니다.

온종일 좁은 다락방에서 지내다 보니 먹은 음식을 소화시킬 수 없었던 것입니다.

스님은 자신이 남긴 밥을 물끄러미 바라보다가 밥알을 뭉쳐 무엇인가를 만들었습니다.

그건 바로 황소 모양의 인형이었습니다. 그런데 인형이 갑자기 움직이기 시작했습니다.

그러더니 다락방 한쪽 구석에 있던 바늘을 집어 먹었습니다. 신기하게도 괴물 인형은 먹은 바늘의 양만큼 자랐습니다.

스님은 그 모습이 하도 기괴해서 옆에 있던 못을 괴물 인형에게 던져 주었습니다.

으드득 으드득. 냠냠.

괴물은 맛있는 과자라도 먹듯 못을 씹어 먹었습니다. 그러자 괴물은 다시 그 못만큼 커졌습니다.

그러니까 괴물은 숟가락, 젓가락, 그릇, 낫처럼 쇠붙이를 먹고 자라는 것이었습니다. 괴물은 점점 자라

집에 있는 쇠붙이란 쇠붙이를 모두 먹어 치웠습니다.

어느 날 스님이 짐을 꾸렸습니다.

"이제 이곳을 떠날 때가 된 것 같습니다. 위급할 때 이것을 펴 보도록 하세요."

스님은 부부의 집을 떠나며 부부에게 종이 한 장을 주었습니다.

스님이 떠나고, 집에 쇠가 떨어지자 배가 고파진 괴물은 옆집에 들어가 낫을 먹었습니다.

마을 사람들은 깜짝 놀랐습니다. 쇠를 먹는 괴물이 나타났으니 놀랄 수밖에요.

마을 사람들이 놀라는 것도 아랑곳하지 않고 괴물은 이 집 저 집을 드나들며 쇠란 쇠는 모두 찾아 먹었습니다.

마을 사람들은 괴물 인형에게 돌을 던져 보기도 하고, 화살을 쏘기도 했지만 괴물은 점점 더 커질 뿐이었습니다.

그렇게 괴물 인형을 당해 낼 수 없자, 괴물 인형을

불가사리라고 불렀습니다.

불가사리는 '불不아니다 가可옳다 살殺죽이다'에서 온 말로 죽일 수 없다는 뜻입니다.

불가사리는 그렇게 온 마을을 헤집고 다니며 마을 사람들의 미움을 받았습니다.

그때 왜적이 마을에 쳐들어왔습니다.

왜적은 마을 사람들을 죽이고 식량과 재산을 빼앗았습니다.

마을은 순식간에 아수라장이 되었습니다.

그런데 왜적들 앞에 불가사리가 나타났습니다.

불가사리는 왜적의 창과 칼 등의 무기를 모두 먹었습니다. 그리고 점점 그 크기가 커졌습니다.

"아니, 저것은 불가사리 아닌가!"

"불가사리가 우리를 도와주네!"

위급한 순간에 불가사리가 나와 도와주자 마을 사람들은 기뻤습니다.

반면에 왜적들은 불가사리를 보고 무서워 벌벌 떨었습니다. 쇠를 먹는 괴물을 한 번도 본 적이 없으니까요.

왜적들은 무시무시한 불가사리를 보고 꽁지가 빠지게 도망갔습니다.

불가사리가 왜적을 물리쳤으나, 백성의 고민이 사라진 것은 아니었습니다.

불가사리가 온갖 쇳덩이를 먹어 치우는 탓에 백성은 농사를 지을 수 없어 먹고살기도 힘들게 되었습니다.

"여봐라! 저 불가사리를 없애는 사람에게 큰 상금을 내리겠노라!"

결국, 임금님은 불가사리를 없애려고 나라 곳곳에 방을 걸어 붙였습니다.

그 소문을 젊은 부부도 듣게 되었습니다.

부부도 불가사리 때문에 농사도 못 짓고 힘들어 하고 있을 때였습니다.

그러니 불가사리를 잡고 싶은 마음은 부부도 마찬가지였습니다.

부인은 스님이 전에 준 종이가 떠올랐습니다.

"여보! 스님께서 준 종이를 열어 보세요!"

"맞아요, 그 종이를 열어 봅시다."

스님이 주고 간 종이를 열어 보니 거기에는 '불가살'이라는 글이 적혀 있었습니다.

'불가살'은 모두가 알고 있는 괴물의 이름입니다.

부부는 실망했습니다. 하지만, 부부는 포기하지 않았습니다.

'분명 이 종이에 답이 있을 거야.'

며칠이 흘렀습니다. 어느 날 부인이 뛸듯이 기뻐하며 남편에게 말했습니다.

"여보! 이거예요! '불가살'은 불로 죽일 수 있다는 뜻이에요!"

부인의 말을 들은 남편도 그제야 스님의 뜻을 알았다며 기뻐했습니다.

"내가 불화살을 만들어 괴물을 죽이겠소!"

남편은 불화살을 만들어 불가사리를 찾아갔습니다.

거대해진 불가사리가 보였습니다.

불가사리는 닥치는 대로 쇳덩이를 먹어 치우고 있었습니다.

　　남편은 기도를 한 뒤 불가사리를 향해 불화
살을 당겼습니다.

　　"불가사리야, 내 불화살을 받아라!"

　　불화살을 맞은 불가사리는 순식간에 타들어 갔습니다.

　　잠시 뒤 불가사리는 형체도 없이 사라졌습니다.

　　불가사리가 사라진 자리에는 밥풀 인형만이 덩그러
니 남았습니다.

　　그 뒤 부부는 불가사리를 없앤 공로로 큰 상을 받고
행복하게 살았습니다.

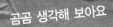

생각이 쑥쑥~

유교는 중국 노나라 사람인 공자라는 사람의 말씀을 믿고 따르는 사상을 말합니다. 유교는 인간이 살아가면서 지켜야 하는 예절을 강조하며 사람을 사랑하는 마음을 가장 중요시 했습니다.

1. 불가사리 이야기 속에 쇠를 먹고 점점 커지는 불가사리가 등 장합니다. 처음에는 밥풀 인형이었던 불가사리가 점점 괴물 로 변해가는 모습을 상상해 봅시다.

- -

2. 불가사리는 아무리 해도 죽지 않거나 사라지지 않는 사람이 나 사물을 나타내는 말로도 쓰입니다. 이야기 속에서 스님이 주고 간 종이에는 어떤 글씨가 쓰여 있었나요? 불가사리를 어떻게 없앴는지 생각해 봅시다.

- -

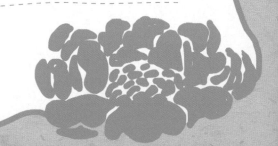

방귀쟁이들의 대결

옛날 아주 오래전 이야기입니다.

한 마을에 김 씨와 최 씨라고 방귀를 아주 잘 뀌는 두 사람이 살았습니다. 이들은 방귀를 어찌나 크고 세게 잘 뀌는지, 방귀로는 아무도 당할 사람이 없었습니다.

그런데 이 두 사람은 서로 너무 싫어했습니다. 서로 자기가 방귀를 잘 뀐다며 늘 싸움만 했습니다.

"내가 방귀를 뀌면 말이지 나무가 흔들리고 길 가던 사람이 쓰러진다네! 이래도 자네가 나보다 방귀를 잘 뀌는가?"

김 씨가 말했습니다.

이 말에 최 씨가 콧방귀를 뀌었습니다.

"흥! 그까짓 것 가지고. 내가 방귀를 뀌면 나무가 뿌리째 뽑힌다고. 그리고 길 가던 사람을 담장 너머로 날릴 수도 있어!"

이렇게 김 씨와 최 씨는 만나기만 하면 자기가 잘났다고 으르렁거렸습니다. 화가 난 두 사람은 결국, 누가 방귀를 잘 뀌는지 내기를 했습니다.

"그래 좋아. 그렇다면 마을 사람들을 모아 놓고 누구 방귀가 더 센지 겨루어 보자고!"

"이번 참에 자네 콧대를 꺾어 주지!"

이 소식을 듣고 마을 사람들이 구름처럼 몰려들었습니다. 마을 사람들도 김 씨와 최 씨 중에 누가 방귀를 더 세게 뀌는지 궁금했기 때문입니다.

먼저 김 씨가 방귀를 뀌기로 했습니다. 앞으로 나선 김 씨는 숨을 깊게 들이마셨습니다. 그리고 온몸의 기를 항문에 모았습니다. 숨을 크게 들이 쉬고 있는 힘껏 방귀를 뀌었습니다.

뿌우웅!

김 씨가 방귀를 뀌자 사과나무가 흔들리더니 나무에 달린 사과가 우수수 떨어졌습니다.

사람들은 나무에서 떨어진 사과를 주워 먹으며 모두 손뼉을 쳤습니다.

"정말 대단해! 김 씨의 방귀가 최고야!"

김 씨가 박수를 받으며 퇴장하자, 이번에는 최 씨가 거만하게 앞으로 나왔습니다. 최 씨가 두 팔을 벌렸다가 기도를 하듯 두 손을 앞으로 모았습니다.

마을 사람들은 모두 숨을 죽이고 최 씨의 행동을 지켜보았습니다. 최 씨는 마치 태권도에서 기압을 넣듯 크게 소리를 지르며 있는 힘껏 방귀를 뀌었습니다.

뿌부부부부웅.

그 방귀가 얼마나 세던지, 김 씨네 지붕이 견디지 못하고 홀랑 날아가 버렸습니다.

지붕이 벗겨진 자신의 집을 보자 김 씨는 화가 머리 끝까지 치밀었습니다.

"감히 내 집을! 맛 좀 봐라!"

뿌우우우우웅!

이번에는 최 씨의 집 앞에 묶어 놓은 황소가 하늘로

숏구쳐 날아가 보이지 않았습니다. 김 씨와 최

씨는 정신없이 방귀를 뀌어

댔습니다.

뿌부부부부우웅.

뿌우우우우우웅 뽕!

두 사람이 계속 방귀를 뀌자 나무가 뽑히고, 지붕이 날아가고, 소 · 닭 · 돼지가 여기저기 흩어졌습니다. 절구통에 숨어 있던 토끼도 하늘로 날아갔습니다.

사방이 난리가 났는데도 김 씨와 최 씨는 방귀를 멈추려 하지 않았습니다.

"방귀쟁이들아, 그만 좀 해. 냄새나서 못 살겠네!"

마을 사람들은 이들을 피해 모두 도망갔습니다.

이웃도 떠나고, 살림살이도 모두 날아가고, 들판의 곡식도 다 쓰러졌습니다.

그런데도 김 씨와 최 씨는 쉬지 않고 계속해서 방귀를 뀌었답니다.

생각이 쑥쑥~

1. 이야기를 떠올리며 가장 재미있었던 장면을 떠올려 봅시다.
   그리고 왜 그 장면이 제일 재미있는지 생각해 봅시다.

   ----

2. 이야기는 방귀쟁이들이 쉬지 않고 방귀를 뀌었다는 걸로 끝
   이 납니다. 내가 만일 작가라면 뒷이야기를 어떻게 연결할까
   요? 나만의 상상으로 이야기를 만들어 봅시다.

   ----

3. 내가 잘하는 게 무엇인지 생각해 봅시다. 그리고 무엇을 할
   때 가장 즐거운지 떠올려 봅시다.

이야기를 읽을 때 등장인물의 생각을 이해하는 것이 중요합니다. 마치 내가 등장인물이 된 것처럼 등장인물이 어떤 생각을 하고 있는지 생각하면서 읽어 봅시다. 이야기를 읽는 내내 이야기 속 등장인물이 된 것처럼 이야기 속에 빠져들 수 있을 것입니다.

냄새 맡은 값

옛날 옛적에 구두쇠로 소문난 영감이 살았습니다. 영감은 시장에서 국밥집을 하고 있었습니다.

영감은 욕심이 너무 많아서 남에게 전혀 베풀지 않았습니다.

오직 돈 버는 것에만 관심이 있었습니다.

시장에는 늘 많은 사람이 오가기 때문에 국밥집은 장사가 잘되었습니다.

"하하하! 바쁘다 바빠! 이렇게 장사가 잘되면 곧 큰 부자가 되겠어."

구두쇠 영감은 장사가 잘돼 큰 부자가 될 꿈에 부풀었습니다.

128

하루는 다른 때와 다름없이 바쁘게 국밥을 팔고 있었는데, 윗마을에 사는 오 서방이 국밥집 앞을 지나갔습니다.

그런데 오 서방이 국밥집 앞으로 지나다 말고 국밥집 안으로 얼굴을 삐죽 내밀었습니다.

"이야, 냄새 정말 좋구나. 출출한데 국밥 한 그릇 먹었으면 좋겠다."

하지만, 오 서방은 집에 가서 식구들과 먹으려고 벌써 찬거리를 샀기 때문에 그저 침을 꿀꺽 삼키기만 했습니다.

배가 고파진 오 서방은 서둘러 집에 가서 밥을 먹어야겠다고 생각하며 돌아섰습니다.

"이봐! 거기 자네!"

그런데 구두쇠 영감이 큰 소리로 오 서방을 불러 세웠습니다.

"예, 저 말입니까?"

"그래, 자네 말이네. 자네 돈을 안 주고 그냥 가면

어쩌나!"

오 서방은 깜짝 놀랐습니다.

"돈이라니요?"

"자네가 방금 내 국밥 냄새를 맡지 않았나! 어서 냄새 맡은 값을 내놓게!"

오 서방은 정말 기막혔습니다. 냄새 맡은 값을 치르라니, 말도 안 되는 소리였습니다.

"아니, 세상천지에 누가 냄새 맡은 값을 받는단 말이오?"

냄새 맡은 값을 내라니, 오 서방은 살다 살다 이런 말은 처음 들어 보았습니다.

"내가 받는다, 이 도둑놈아!"

구두쇠 영감은 오 서방의 멱살을 잡았습니다.

"말도 안 되는 소리 그만하고 이거 놓으시오."

오 서방이 따졌지만, 구두쇠 영감은 물러서지 않았습니다.

"그럼, 온갖 재료를 넣고 불을 지펴 만든 국밥 냄새

가 공짜인 줄 알았더냐? 어서 돈 내놔!"

이렇게 오 서방과 구두쇠 영감이 옥신각신하자, 장을 보러 나온 사람들이 이들 주변으로 몰려들었습니다.

"어서 내놔!"

"못 내놓습니다!"

"어서 내놓으라니까! 이 냄새 도둑놈아!"

그렇게 옥신각신하던 오 서방이 구두쇠 영감을 뚫어지게 보다가 이렇게 말했습니다.

"좋습니다. 냄새 맡은 값을 내놓을 테니 이 손 좀 놓으시오!"

구두쇠 영감은 얼씨구나 하며 멱살을 잡고 있던 손을 풀었습니다.

오 서방이 품속에서 돈주머니를 꺼냈습니다.

"자, 이제 냄새 맡은 값을 치를 테니, 잘 보시오."

"알았으니, 어서 값이나 치러!"

오 서방이 구두쇠 영감 귀에 대고 돈주머니를 흔들었습니다.

짤랑짤랑.

그러더니 오 서방이 돈주머니를 품속에 도로 넣었습니다.

"돈은 안 주고 왜 흔들기만 하는 거야?"

구두쇠 영감이 화가 나서 따졌습니다.

"엽전 소리 잘 들었습니까?"

"그럼! 내가 귀가 먹은 줄 알아?"

"잘 들으셨다니 됐습니다."

오 서방은 돈주머니를 품속에 다시 넣고는 돌아서 걸어갔습니다. 구두쇠 영감은 화가 나서 오 서방을 불러 세웠습니다.

"이놈이 나를 놀리는 거야? 어서 냄새 맡은 값 내놔!"

영감이 소리를 지르자, 오 서방이 빙긋 웃으며 구두쇠 영감에게 말했습니다.

"영감님께서 냄새 맡은 값을 달라고 해서, 저도 엽전 소리를 들려주지 않았습니까?"

"뭐, 뭐라고?"

구두쇠 영감은 오 서방의 말에 얼굴이 빨개졌습니다. 생각해 보니 오 서방의 말이 틀린 말은 아니었습니다.

이들을 구경하던 사람들이 모두 껄껄거리며 구두쇠 영감을 비웃었습니다.

"그렇게 돈만 밝히더니, 꼴 우습게 됐네."

구두쇠 영감은 너무 부끄러워 국밥집으로 후다닥 달려 들어갔습니다.

생각이 쑥쑥~

1. 구두쇠 영감은 오 서방에게 왜 돈을 달라고 말했을까요?
   이야기를 떠올리며 생각해 봅시다.

   -

2. 냄새 맡은 값을 내라며 화를 내는 구두쇠 영감에게 오 서방
   은 냄새 맡은 값을 어떻게 치렀나요? 이야기를 떠올리며 생
   각해 봅시다.

   -

3. 만일 내가 구두쇠 영감이라면 주변 모든 것에 값을 붙일 수
   있을 거예요. 나는 어떤 것에 값을 붙일지 생각해 봅시다.

   -

글을 읽을 때는 등장인물이 어떤 일들을 했는지 그 행동을 기억하면서 읽는 것이 중요합니다. 등장인물의 행동을 기억하다 보면 책을 다 읽고 난 뒤 이야기의 줄거리를 떠올릴 수 있습니다. 인물들의 행동을 기억하며 이야기를 읽어 봅시다.

다정하게 지내요

송아지와 바꾼 무

옛날 옛적 어느 마을에 성실한 농부가 살았습니다.
농부는 봄부터 여름까지 열심히 밭에서 일했습니다.

어느덧 시간은 흘러 가을이 되었습니다. 추운 겨울
에 먹을 김치를 준비하는 김장철이 되어 성실한 농부
는 밭에 나가 배추와 무를 뽑았습니다.

하얗고 굵직한 무가 쏙쏙 뽑혀 나왔습니다.

"여보, 이 무 한번 먹어 보세요. 이번 무는 배처럼
달지 뭐예요."

농부의 아내가 밭에서 막 뽑은 무를 칼로 썩썩 깎아
서는 농부에게 내밀었습니다. 정말 무가 배처럼 달고
맛있었습니다.

"여보, 이번 농사는 정말 잘되었구려."

부부는 기뻐하며 열심히 무를 뽑았습니다.

"여보, 이리 와서 이것 좀 도와주세요."

부인이 무를 뽑으려 하는데, 어찌 된 영문인지 무가 도통 뽑히지 않았습니다. 남편은 부인 곁으로 달려가 함께 무를 뽑았습니다.

"영차! 이 무가 왜 이렇게 안 뽑힐까?"

부부가 달려들어 뽑아 봤지만, 무는 꼼짝도 하지 않았습니다.

"여보게! 이리 와서 이 무 뽑는 것 좀 도와주게!"

농부는 옆 밭에서 일하던 청년에게 도움을 청했습니다.

"영차! 영차!"

청년이 도와줬지만 여전히 무는 꿈쩍도 안 했습니다.

"손이 부족해. 사람들을 더 불러와야겠어."

농부는 이웃을 몇 명 더 불러왔습니다. 결국, 마을 사람 여럿이 달려들어 무를 당겼습니다.

"영차! 영차! 영차! 뽑힙니다, 뽑혀요!"

그런데 뽑혀 나온 무를 보고는 모두 깜짝 놀라고 말
았습니다. 무의 크기가 송아지만 했거든요.

"세상에, 이렇게 큰 무가 있다니!"

"태어나서 이처럼 큰 무는 처음 보네!"

농부 부부도 놀라고, 이웃들도 놀랐
습니다.

농부는 이 귀하고 신기한 무를 고
을 사또에게 바치기로 했습니다.

"사또, 제가 이십 년 넘게 농사
를 지었지만, 이렇게 큰 무는 처
음 봅니다. 그래서 분명히 귀한 무인 것
같아 사또께 바치려고 왔습니다."

사또도 이렇게 큰 무는 처음 보았습니다.

무를 선물 받은 사또는 무척 기뻤습니다. 이 귀한
것을 자신에게 가져온 농부의 마음이 고마웠습니다.

"정말 고맙네, 이 귀한 것을 내게 주다니. 귀한 선물
을 받았으니, 나도 자네에게 보답을 해야겠군. 여봐
라! 귀한 선물을 가져온 농부에게 무엇을 주면 좋겠는
가?"

그러자 이방이 말했습니다.

"예, 사또. 얼마 전 받으신 것 중에 저 무와 크기가
비슷한 송아지가 있사옵니다."

"오, 그래? 그러면 송아지를 농부에게 주도록 하게!"

농부는 무를 사또에게 주고 송아지를 선물 받았습니다. 농사꾼에게 송아지는 아주 큰 재산이었습니다.

　　성실한 농부의 이웃 마을에 욕심 많은 농부가 살고 있었습니다. 욕심 많은 농부는 자신도 사또에게 귀한 선물을 받고 싶었습니다.

　　"옳거니! 무를 주고 송아지를 받았으니, 내가 송아지를 바치면 더 큰 선물을 받겠지! 으리으리한 기와집을 주실까? 번쩍번쩍 금은보화를 주실까?"

　　욕심 많은 농부는 송아지보다 좋은 선물이 무엇일까 생각하니 신이 났습니다. 욕심 많은 농부는 송아지 한 마리를 끌고 사또를 찾아갔습니다.

　　"사또, 이 송아지로 말씀드릴 것 같으면 저희 집에서 제일 살진 송아지입니다. 송아지를 사또께 드리겠습니다."

　　사또는 욕심 많은 농부의 속셈도 모르고 껄껄 웃었습니다. 욕심 많은 농부가 자신을 위한다고 생각했기 때문에 기분이 좋았습니다.

"고맙다. 송아지는 백성을 위해 요긴하게 쓰겠다."
사또는 이방에게 말했습니다.

"이방, 내가 아주 귀한 송아지를 받았다. 요즘 들어
온 것 가운데 이 착한 백성에게 선물할 것이 무엇이
있느냐?"

농부는 잔뜩 기대하고 이방을 쳐다봤습니다.

"예, 사또. 며칠 전에 들어온 큰 무가 있습니다."

"오, 그 귀한 무가 있었구나! 그렇다면 귀한 무를 이 농부에게 상으로 주게!"

욕심 많은 농부는 송아지를 바치고 커다란 무를 얻게 되었습니다.

"아이고, 송아지 한 마리와 이깟 무를 바꾸다니!"

울상이 된 욕심 많은 농부는 송아지와 바꾼 커다란 무를 힘겹게 짊어지고 집으로 돌아갔습니다.

생각이 쑥쑥~

1. 방금 읽은 이야기를 가족에게 짧게 설명해 봅시다.

   -

   -

2. 이야기 속에서 무슨 일이 일어났는지, 기억에 남는 장면을
   순서대로 떠올려 봅시다.

   -

   -

3. 그냥 이야기를 설명할 때와 일어난 일을 순서대로 떠올려
   이야기할 때를 비교해서 생각해 봅시다.

   -

   -

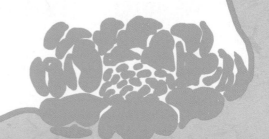

이야기 속에는 우리가 살아가는 데 필요한 정보와 지혜가 한가득 담겨 있습니다. 수학, 과학, 음악, 미술 등등 재미있는 이야기와 함께 많은 정보를 전달해 줍니다. 이야기 속에 어떤 정보가 있는지 생각해 보며 읽어봅시다.

사이좋은 형제

옛날 어느 마을에 사이좋은 형제가 살았습니다. 형은 언제나 동생을 아끼고 보살폈으며, 동생도 형님을 믿고 잘 따랐습니다.

형제는 어떤 일이든 늘 같이했습니다. 부모님께서 물려주신 몇 평 안 되는 논에서 서로 도우며 함께 농사를 지었고 논에서 얻은 수확물도 늘 공평하게 나누며 살았습니다.

그렇게 늘 서로 아끼는 마음으로 농사일을 하니, 형제의 논은 다른 어떤 논보다 풍성했습니다.

"형님, 올해도 풍년인가 봅니다. 논에 벼들이 모두 잘 여물었습니다."

"모두 아우가 부지런히 농사지은 덕분입니다."

"무슨 말씀이십니까. 다 형님께서 쉬지 않고 일하신 덕분이지요."

가을이 깊어가고 벼를 수확할 때가 되었습니다.

'요즘 형님이 부쩍 기운이 없어 보였어. 오늘은 일찍 서둘러 형님 논의 벼를 베야겠다.'

동생은 자신보다 나이가 많은 형님을 위해 이른 새벽부터 서둘러 형님 논으로 향했습니다.

아우는 형님 논의 벼를 열심히 베었습니다.

"형님이 오시기 전에 어서 내 논으로 가야겠다. 내가 도와드린 줄 알면, 오늘 온종일 나를 도와주려 하실 거야."

아우는 벼를 베느라 숙이고 있던 허리를 폈습니다.

허리가 뻐근했습니다. 아우는 허리를 두드리며 생각
했습니다.

'이만하면 형님이 조금만 일하셔도 되겠지.'

힘은 들었지만 아우는 기분이 참 좋았습니다.

형님에게 들킬세라 아우는 서둘러 자신의 논으로
향했습니다. 그런데 자신의 논에 도착한 아우는 깜짝
놀랐습니다.

자신의 논에 벼가 베어져 있었기 때문입니다.

"어휴, 한발 늦었네. 어느새 형님이 다녀가셨구나."

아우는 자신의 논에서 일했을 형님을 생각하니 눈시울이 젖어 왔습니다.

"내가 이렇게 힘든데, 형님은 얼마나 힘드셨을까."

한편, 형님도 자신의 논에 도착해 가지런히 베어진 벼를 보았습니다.

"어느새 아우가 다녀갔구나. 새벽닭이 울기도 전에 일어나 내 논에 왔구나."

형은 논을 보며 고마운 동생 생각에 한참을 미소 지었습니다.

그렇게 의좋은 형제는 자신을 아껴 주는 가족이 있다는 생각을 하며 더욱더 열심히 일했습니다.

어느새 형제의 논에는 볏단이 차곡차곡 쌓였습니다.

'이 정도면 우리 가족이 충분히 한 해를 넘길 수 있겠어.'

아우는 차곡차곡 쌓인 볏단을 보니 흐뭇했습니다.

그런데 문득 형의 얼굴이 떠올랐습니다.

'형님은 나보다 가족이 더 많으니 쌀이 더 필요할 거야.'

아우는 아무래도 형님에게 벼를 더 줘야겠다고 생각했습니다. 하지만, 형의 성격에 아우가 건네는 벼를 절대 받지 않을 게 뻔했습니다.

"내 걱정을 더 하시니 벼를 드려도 안 받으실 텐데, 이를 어쩌나."

고민 끝에 아우는 형님 몰래 자신의 벼를 형님 논에 가져다 놓기로 했습니다.

밤이 되었습니다.

아우는 형에게 들킬세라 숨죽여 걸으며 자신의 벼를 형의 논에 가져다 놓았습니다. 그렇게 볏단을 들고 몇 번을 왔다 갔다 한 아우는 형님 논에 더 많이 쌓인 벼를 보며 기뻐했습니다.

"이만하면 형님 가족이 풍족하게 보내실 수 있을 거야."

아우는 기쁜 마음으로 집
으로 돌아와 잠자리에 들
었습니다.

다음 날 아침, 이상한 일이 벌어
졌습니다. 분명히 어젯밤에 자신의 벼를 형에게 주었
는데, 자신의 벼가 그대로였습니다.

"이상하다. 어제 형님 논에 내 벼를 옮겼는데 왜 벼
가 줄지 않았지?"

어젯밤에 무슨 일이 벌어진 걸까요?

사실 지난밤 집으로 돌아간 형님은
이런 생각을 했습니다.

'아무래도 아우에게 벼를 더 줘
야겠어. 아우는 이번에 장가를
갔으니 이것저것 필요한 게 많을
테니까.'

형님도 아우와 똑같은 생각을
하고 밤에 아우 몰래 아우의 논에

벗단을 갖다 놓았던 것입니다.

그러니 아침에 논으로 나가 놀란 것은 아우만이 아니었습니다. 자신의 논에 볏단이 줄지 않은 것을 보고 형님 역시 깜짝 놀랐습니다.

"이상한 일이 다 있구나."

그날 밤, 형은 다시 논으로 가 자신의 벼를 동생의 논으로 옮겼습니다.

"이제 이만하면 아우의 벼가 더 많겠지."

형님은 높이 쌓인 동생의 볏단을 보고 기뻐하며 집으로 돌아갔습니다.

형님이 돌아간 뒤 이번에는 아우가 자신의 논으로 나왔습니다. 아우는 자신의 벼를 짊어지고 형님의 논으로 향했습니다.

"이 정도면 형님

의 벼가 더 많을 거야."

아우 또한, 형님의 논에 쌓인 볏단을 보고 기뻐하며 집으로 돌아갔습니다.

다음 날 아침, 자신들의 논으로 나간 형과 아우는 또 깜짝 놀랐습니다.

"귀신이 곡할 노릇이네. 어째서 볏단이 줄지 않는 걸까?"

형과 아우는 도무지 이유를 몰랐습니다. 하는 수 없이 밤이 되자 또다시 볏단을 지고 날랐습니다. 캄캄한 어둠 속에서 무거운 짐을 지고 가던 형제는 논두렁에서 그만 부딪히고 말았습니다.

"어이쿠!"

뒤로 벌러덩 넘어졌다가 일어난 형제는 서로 알아보고 깜짝 놀랐습니다.

"아니, 형님!"

"아우님!"

형제는 그제야 자신들의 벼가 줄지 않은 이유를 알

았습니다. 그리고 서로 아끼는 마음을 깨닫자 가슴이 뭉클해졌습니다.

"형님, 정말 고맙습니다."

"아우님, 고맙네."

두 사람은 손을 잡고 기뻐했습니다.

구름에 가렸던 보름달이 얼굴을 드러내며 형제를 환하게 비추었습니다.

생각이 쑥쑥~

1. 형님과 아우는 똑같은 크기의 논에서 똑같은 벼를 농사지었습니다. 그런데 아우의 가족은 두 명이고 형님의 가족은 일곱 명입니다. 형님과 아우 중 어느 쪽에 더 많은 쌀이 필요할까요?

----

2. 이야기 속에서 아우는 형님 논에 벼를 갖다 놓고 형님은 아우 논에 벼를 갖다 놓았습니다. 왜 그랬는지 생각해 봅시다.

----

3. 가족에게 받았던 선물 중에 가장 기억에 남는 것을 떠올려 봅시다.